La
Comédie humaine dans Saint-Simon

CONFÉRENCE FAITE A LA SOCIÉTÉ NORMANDE DE GÉOGRAPHIE

Par M. René DOUMIC

Membre de l'Académie française

Sous la Présidence de M. T. FRANQUEVILLE

Premier Président de la Cour d'Appel de Rouen,
Président d'honneur de la Société

ROUEN

IMPRIMERIE Léon GY (Albert LAINÉ, successeur)

Rues Jeanne-Darc, 88, et des Basnage, 5

1914

Extrait du Bulletin de la Société normande de Géographie

Séance publique ordinaire du Lundi 23 Mars 1914

Présidence de M. T. FRANQUEVILLE

Premier Président de la Cour d'Appel de Rouen
Président d'honneur de la Société

LA COMÉDIE HUMAINE DANS SAINT-SIMON

Conférence de M. René DOUMIC

Membre de l'Académie française

ALLOCUTION DE M. FRANQUEVILLE

Président d'honneur de la Société

Mesdames,
Messieurs,

Je dois tout d'abord remercier M. le président Edgard Anquetil, et M. Georges Monflier, secrétaire général de la Société normande de Géographie, de l'honneur qu'ils m'ont fait, en me priant de présider cette conférence.

M. René Doumic qui — jadis — a si brillamment enseigné la rhétorique, me permettra d'emprunter à mes souvenirs classiques un exorde qui me paraît s'adapter à merveille à la circonstance présente : « Je me sens également confondu, et par la grandeur du sujet, et par l'inutilité du travail... » « Quelle partie du monde n'a pas ouï les merveilles de sa vie ?... « et quoique je puisse aujourd'hui vous en rapporter, toujours prévenu par « vos pensées, j'aurai encore à répondre au secret reproche que vous me « ferez d'être demeuré beaucoup au-dessous » de la vérité.

J'éprouve un peu, en effet, le même embarras qu'exprimait éloquemment le grand orateur sacré, puisque j'ai l'agréable et délicat devoir, — j'ajoute le grand honneur, — de présenter à un auditoire Rouennais, — qui a le culte et le respect des lettres, — M. René Doumic, qui a enchanté de sa parole la jeunesse française, la société parisienne, l'Académie et l'Amérique elle-même ! — l'éminent conférencier qui, par l'étendue et la solidité de son savoir, par la pénétration de son jugement, par la sagacité de son tact littéraire, par sa verve et par les ressources de son admirable talent est un des grands dignitaires de la littérature.

Vous appartenez, Monsieur René Doumic, à une génération privilégiée, qui a été façonnée par de fortes études classiques, — par les bonnes et vieilles humanités, *studia humanitatis ; humaniores litteræ*, qui enrichissent l'esprit de tout ce qu'a de meilleur et de plus exquis l'âme des temps passés.

Cicéron a dit ce que valent les Belles-Lettres et n'en a point exagéré les mérites.

C'est bien, comme on l'a dit, une culture en profondeur.

Après vos prestigieux succès au Lycée Condorcet, le Concours général vous couronna de lauriers, — et vous êtes entré à l'École normale supérieure le premier — c'est-à-dire pas « comme tout le monde ».

Vous avez ensuite été reçu — le premier — à l'agrégation des Lettres : votre rang partout — et toujours — c'est le premier !... Vous êtes un de ces Normaliens... qui honorent grandement l'ancienne et illustre École normale... et vous avez continué la glorieuse lignée des Taine, des Sarcey, des Edmond About, des Paul Albert, des Jean-Jacques Weiss, des Prévost-Paradol — lequel aimait à répéter le

Humanum paucis vivit genus...

... Vous êtes de la famille de ces grands universitaires, de haute indépendance, dont les noms célèbres retentissaient autrefois dans nos Lycées et enthousiasmaient ma génération. Ces grands noms, ces grands écrivains, ces grands caractères ont exercé une prestigieuse influence sur le clair génie français...

En ce temps-là, les Lettres étaient en grand honneur.

On peut dire que vous exercez une haute magistrature littéraire !

Vous ne cessez de veiller sur la dignité de la littérature française, dont vous avez écrit l'histoire, de main de maître, avec une fine analyse qui donne à l'exposé tant de précision ; vous apparaissez comme le défenseur, je pourrais dire comme l'arbitre du goût.

Vous n'avez cessé d'être — permettez-moi ce mot — le merveilleux éveilleur d'âmes, d'esprit, que vos élèves de rhétorique, à Stanislas, admiraient en vous.

N'est-ce pas parce qu'un jour vous dressiez — pittoresquement — dans votre classe, la silhouette de Cyrano de Bergerac, que Rostand, — un de vos brillants élèves, — a conçu la première idée de cette pièce frémissante d'héroïsme, dont s'honore la scène française?

Personne mieux que vous, « façonné par la discipline de l'antiquité », ne pouvait succéder plus dignement à un autre illustre Normalien, à Gaston Boissier, et le mieux remplacer à l'Académie française!

Dans votre très remarquable discours de réception, le 7 avril 1910, vous avez dit éloquemment tout le bienfait de la formation universitaire: vous m'avez procuré l'intime douceur d'une joie d'autant plus vive que j'ai conservé, avec une sorte de fierté jalouse, le culte des grandes leçons de l'antiquité classique, et que j'aime toujours « tout ce qui rayonne encore du fond des temps et des poussières ».

Vous allez, aujourd'hui, nous parler de Saint-Simon, de cet esprit inquisiteur, qui n'avait que mépris hautain pour tout ce qui n'était pas duc et pair; qui ne s'embarrassait pas des « scrupules impertinents de la grammaire »; qui traitait la syntaxe avec la prodigieuse insolence d'un grand seigneur qui la trouvait sans doute de piètre noblesse.

Il avait le regard aigu, je pourrais dire chirurgical, car rien n'échappe à son anatomie impitoyable, à ses implacables rancunes, à sa plume endiablée.

Saint-Simon ne fut pas tendre pour la Justice: Je sais tel Premier Président de son temps, « fier légiste » que, dans ses *Mémoires* il présente de si malveillante façon, que, s'il eût vécu à notre époque, il eût pu redouter d'avoir des difficultés avec certain article de notre Code pénal... ce qui n'eût pas manqué d'exaspérer sa suffisance humiliée, sa vanité aigrie, son amour-propre « aussi mesquin que violent... »

Les Premiers Présidents d'aujourd'hui ne lui en ont pas gardé rancune...

Juge à notre tour de ce Saint-Simon irrespectueux, nous lui sommes presque reconnaissant « d'avoir donné à la postérité ses grandes et ses petites entrées à Versailles... », reconnaissant aussi du plaisir que nous allons avoir à écouter M. René Doumic évoquer, à nos yeux, avec toute la maîtrise de son merveilleux talent, les brillantes qualités de ce satirique acerbe et de l'artiste et du peintre de génie que fut Saint-Simon.

CONFÉRENCE

Mesdames,
Messieurs,

Je suis très reconnaissant à la Société normande de Géographie d'avoir bien voulu m'inviter une fois encore; je suis en effet déjà venu à Rouen où j'ai parlé, ici même, dans cette salle, et c'est un souvenir que, lorsqu'on l'a, on n'oublie plus. Mais je veux remercier votre Président d'avoir eu la généreuse idée de faire présider cette réunion par M. le Premier Président de la Cour de Rouen qui vient de m'adresser des paroles si aimables, si élogieuses, auxquelles je ne ferai qu'un reproche, c'est d'avoir été très au-dessus de la vérité.

Ce qui m'a tout particulièrement touché dans les paroles de M. le Président, c'est la façon dont il a parlé de l'Université, c'est le culte qu'il a conservé pour les humanités, et la façon dont, par son exemple, il prouve la beauté qu'il y a dans l'exercice de la Magistrature et des Lettres.

Mesdames,
Messieurs,

Je voudrais étudier avec vous Saint-Simon, non comme peintre d'histoire, mais comme peintre de mœurs.

L'histoire n'enregistre que les grands événements : les changements de règne ou de régime, les conquêtes des armes ou de la diplomatie, les mesures d'ordre général. On ridiculise aujourd'hui cette histoire officielle sous le nom de l'histoire-batailles, et, ne la trouvant pas assez scientifique, on la supprime. On a bien tort. Ces grands événements sont des résultantes où se résume à chaque moment la vie complexe et diverse des peuples; et ils sont des points de repaire, des îlots de lumière qui nous permettent de nous retrouver et de nous diriger dans les sombres avenues du passé. Nos enfants, à qui on refuse de les enseigner, n'ont plus sous les yeux qu'un fouillis amorphe, indistinct et obscur. Commençons donc par savoir la grande histoire.

Après cela, nous pourrons convenir que l'autre, la petite histoire, nous touche de plus près, est plus à notre taille et à notre usage, nous charme ou nous émeut par un incomparable attrait d'intimité. Elle relate les menus faits de la vie quotidienne; elle suit le juge sur son siège, le prêtre à l'autel, l'homme dans sa famille; elle retrace les coutumes et les modes. Dans cette trame sans fin d'occupations, d'affaires et de divertissements, nous reconnaissons ce qui, aujourd'hui encore, nous occupe ou nous amuse. Cela nous ressemble. Il y a un intérêt de curiosité — et un plaisir de mélancolie — à constater que les nouveautés dont nous nous étonnons sont vieilles comme le monde, que d'autres avant nous ont souffert des mêmes chagrins dont nous nous croyons les premières victimes, et que d'autres ont commis les mêmes erreurs dont nos descendants, de l'un à l'autre, se repasseront la tradition. Ainsi tout se recommence. On change un peu le décor, on rafraichit un peu les costumes, mais c'est la même pièce qui se joue avec la même intrigue nouée par nos passions, une pièce pleine de rires et de larmes, où chacun de nous est à la fois spectateur et auteur, et n'assiste qu'à quelques scènes et dont personne ne connait le dénouement, ce mystérieux dénouement, où la comédie humaine rejoint la divine comédie.

Cette histoire des mœurs. La Bruyère l'a faite dans les *Caractères*, où il nous parle tour à tour de la Cour et de la Ville, des Grands et de l'Homme. Balzac l'a faite dans cette série de romans où se succèdent les scènes de la vie militaire, les scènes de la vie parisienne, les scènes de la vie de province. C'est celle que nous allons demander aujourd'hui aux *Mémoires* de Saint-Simon.

Quand nous évoquons par l'imagination une société disparue, ce qui réapparait d'abord aux yeux de notre esprit, c'est la tonalité générale de l'époque : pour le XVIe siècle l'âpre coloris d'une ère de violence et de passions débridées ; pour le XVIIIe, les couleurs aimables d'une époque de plaisir et de douceur de vivre. Puis, dans cet ensemble, nous distinguons des groupes : classes sociales, conditions, professions, grands seigneurs, gens d'église, gens de robe, gens de plume ou d'épée. Puis, dans ces groupes, peu à peu, nous apercevons les individus qui les composent, dont chacun est le produit de son milieu et pourtant a la physionomie qui lui est propre. Car chacun de nous est l'homme de son temps, l'homme de sa condition, l'homme de son caractère. Quand l'analyse a ainsi pénétré jusqu'au fond et jusqu'aux derniers éléments qui constituent la personne humaine, elle est au bout de son effort, aux extrêmes confins de ce qu'il nous est donné de connaître, au bord de la grande énigme.

*
* *

A distance, la société du temps de Louis XIV nous apparait régulière, disciplinée, ordonnée, polie et policée. A y regarder de près, c'est un peu différent.

On a dit qu'un bon moyen pour apprécier une société, c'est de la juger sur la qualité des plaisanteries qui l'amusent. Les plaisanteries dont on s'amuse à la cour de Louis XIV ne sont pas toujours des plus délicates. Saint-Simon a fait quelque part d'une certaine Mme Panache un portrait qui est fameux, et nous a conté ces boulettes de mie de pain qu'on lui lançait et ces sauces dont on lui emplissait les poches aux soupers de la Cour. Voyons ce qui amusait Louis XIV. Mme de Thiange et Mademoiselle « étaient fort propres pour leur manger. Le roi prenait plaisir à leur faire mettre des cheveux dans du beurre et dans des tourtes et à leur faire d'autres vilenies pareilles. Elles se mettaient à crier, à vomir, et lui à rire de tout son cœur. » Et voyons ce qui amusait le duc de Bourgogne, l'incomparable Dauphin, et la duchesse de Bourgogne, l'exquise princesse. Ils avaient pris pour cible la princesse d'Harcourt, dont Saint-Simon, qui n'aime pas les Lorrains, nous trace ce portrait, du moins dans ce qu'on en peut citer : « C'était alors une grande et grosse créature, fort allante, couleur de soupe au lait, avec de grosses et vilaines lippes et des cheveux de filasse toujours sortants et traînants comme tout son habillement. Sale, malpropre... C'était une furie blonde, et de plus une harpie ». Avec une furie qui de plus est une harpie, et qu'elle soit d'ailleurs brune ou blonde, on peut se permettre quelques espiègleries. Donc une fois le duc de Bourgogne lui accommoda un pétard sous son siège dans le salon où elle jouait au piquet. « Comme il y allait mettre le feu, quelque âme charitable l'avisa que ce pétard l'estropierait et l'empêcha. » Une autre fois, en hiver, à Marly, on attendit qu'elle fût couchée. La duchesse de Bourgogne et sa suite envahissent soudain sa chambre et la bombardent de boules de neige. « Cette sale créature au lit, éveillée en sursaut, froissée et noyée de neige sur les oreilles et partout, échevelée, criant à pleine tête et remuant comme une anguille, sans savoir où se fourrer, fut un spectacle qui les divertit plus d'une demi-heure, en sorte que la nymphe nageait dans son lit, d'où l'eau, découlant de partout, noyait toute la chambre. Il y avait de quoi la faire crever. Le lendemain, elle bouda... » On aurait boudé à moins.

C'est notre avis, mais ce n'est pas celui de Saint-Simon. En racontant ces plaisanteries, il n'a pas un mot pour les désapprouver. Au contraire, il s'amuse à les raconter, estimant qu'elles n'excèdent pas la mesure permise entre gens du monde, et que ce sont en somme de bonnes plaisanteries.

Concluons-en que l'éducation de cette société laisse encore à désirer. C'est une société dont l'éducation n'est pas achevée. Je vous signale que ce point a été très bien élucidé dans un livre qui vient de paraître justement sous ce titre : *La Comédie humaine dans Saint-Simon* et qui a pour auteur un des plus brillants professeurs de l'Université, M. André Lebreton. C'est une société, non pas vieille et usée, mais débordante de santé et chez qui la vigueur de tempérament ne raffine pas. On est bien portant, on est entraîné à tous les sports, on vit à cheval, on chasse à courre : on est au lendemain de la guerre civile, et quand à la guerre étrangère, elle se continue, entrecoupée de rares intervalles de paix qui ne sont que des répits ; on conserve dans le langage et dans les manières un peu de la rudesse des camps.

Les femmes ne s'en choquent pas et se mettent au ton. Les plus distingués emploient couramment des termes dont la verdeur aurait un joli succès dans les salons d'aujourd'hui. Pour peu qu'une discussion s'élève, on commence par les gros mots — la princesse de Conti traite la duchesse de Chartres de « sac à vin » et la duchesse de Chartres traite la princesse de Conti de « sac à guenilles » — on continue par les voies de fait : il n'est pas rare que les scènes de ménage s'achèvent par des luttes à main plate et à coups de pied où, je m'empresse de dire que l'avantage reste le plus souvent au sexe fort, comme il est juste. La princesse d'Harcourt, déjà nommée, bat ses gens, jusqu'au jour où une femme de chambre s'enferme avec elle et la laisse à moitié assommée sur le carreau.

Un des vices les plus répandus est l'ivrognerie, je dis répandus parmi les femmes. « Mme la duchesse de Bourgogne fit un souper à Saint-Cloud avec Mme la duchesse de Berry... Mme la duchesse de Berry et M. le duc d'Orléans, mais elle, bien plus que lui, s'y enivrèrent au point que Mme la duchesse de Bourgogne, Mme la duchesse d'Orléans, et tout ce qui était là ne surent que devenir... L'effet du vin, haut et bas, fut tel, qu'on en fut en peine et ne la désenivra point, tellement qu'il la fallut ramener en cet état à Versailles. Tous les gens des équipages la virent et ne s'en turent pas... » Les femmes boivent et elles fument ; je dis qu'elles fument la pipe. A Marly, Monseigneur qui est resté tard à jouer, passe devant l'appartement de Mme la duchesse de Chartres et Mme la Duchesse. Il les trouva qui fumaient avec des pipes qu'elles avaient envoyé chercher au corps de garde suisse. Monseigneur, qui en vit les suites, si cette odeur gagnait, leur fit quitter cet exercice. Mais la fumée les avait trahies. Le roi leur fit le lendemain une rude correction ». Quant au jeu, tout le monde joue, et joue gros jeu, par besoin d'émotions violentes ; on triche, on triche jusqu'à la table du roi, tout le monde triche, ou presque, et il est très bien qu'il en soit ainsi, car alors c'est comme si personne ne trichait.

*
* *

Les conditions mêmes de la vie sont rudes. Je ne parle pas seulement du manque de confort, mais du manque de sécurité. Les routes sont infestées de brigands, qui ne sont pas des brigands d'opéra-comique et qui arrêtent parfaitement les carrosses entre Paris et Versailles, ou Fontainebleau. En 1707, un parti ennemi, un quinzaine d'Impériaux, conduits par un ancien violon du prince de Bavière, Guetem, se risque jusqu'aux portes de Paris; ils se tiennent cachés dans les bois, s'invitent à Versailles au souper du roi; puis, un soir, tandis que le grand écuyer Beringhem s'en revient à Paris, dans son carrosse, ils l'enlèvent, et avec leur prise s'acheminent vers la frontière. On les rattrapa, et ce fut tout à leur honneur : c'étaient des ennemis généreux qui avaient permis à leur prisonnier de se reposer. Guetem fut amené au roi qui le félicita de sa hardiesse et de sa courtoisie et, pendant quelques jours, il fut la coqueluche de Paris.

On volait jusque dans le château de Louis XIV et avec une audace, une insolence inouïes. La grande galerie était meublée de velours cramoisi avec des crépines et des franges d'or. Un beau matin, les franges se trouvèrent toutes coupées. Quelques jours plus tard, Saint-Simon était au souper du roi. « Vers l'entremets, j'aperçus je ne sais quoi de fort gros et comme noir, en l'air sur la table, que je n'eus le temps de discerner ni de montrer par la rapidité dont ce gros tomba sur le bout de la table.... Le bruit que cela fit en tombant et la pesanteur de la chose pensa l'enfoncer et fit bondir les plats.... Le roi, au coup que cela fit, tourna la tête à demi, et, sans s'émouvoir en aucune sorte : « Je pense, dit-il, que ce sont mes « franges ». Comment dans un endroit si plein de monde avait-on pu lancer un si lourd paquet ? et combien cela suppose de complicités ! Aussi, quoi qu'en pense Saint-Simon, qui en fait un crime à Louis XIV, nous trouvons que le roi n'eut pas tort d'augmenter considérablement les attributions et le personnel du lieutenant de police.

Dans ce milieu, encore si favorable aux prouesses et aux fantaisies de l'individualisme, les types d'aventuriers ne sont pas rares. Vaudray « chanoine de Besançon... prit un mousquet, devint capitaine de grenadiers et reçut trente-deux blessures, dont plusieurs presque mortelles, à l'attaque de la contrescarpe de Coni, sans vouloir quitter prise, et y fut laissé pour mort. Cette action le fit connaître ». Et connaître avantageusement...

Mais l'exemple le plus curieux, le spécimen le plus achevé d'heureux forban, c'est celui de l'abbé de Vatteville. Sa vie, telle que Saint-Simon la raconte, est un extraordinaire roman d'aventures. Il s'était fait chartreux, sa nature excessive étant allée tout droit à l'observance la plus rigoureuse. Il paraît qu'il avait beaucoup d'esprit, mais d'un genre qui ne s'accommodait pas avec la vie monastique. Il songea donc à s'en affranchir, tant et si bien qu'un beau jour le prieur le trouva « en habit séculier, sur une échelle » dans le dessein évident de sauter par-dessus le mur. Voilà le prieur à crier. Et voilà l'autre à le tuer d'un coup de pistolet. Le fugitif gagne la campagne, s'arrête dans un méchant cabaret, se fait apprêter à dîner d'un gigot à la broche ; lorsque survient un voyageur qui lui demande fort civilement de partager avec lui. Notre défroqué, trouvant qu'il y en avait pour un, non pour deux, tue son homme d'un coup de pistolet, dîne de bon appétit, paye, remonte à cheval, et tire pays. Ne sachant que devenir, il s'en va en Turquie, est fait pacha et guerroie contre les Vénitiens. Là il trouve moyen de faire parler au généralissime, promet de lui livrer plusieurs places et des secrets des Turcs, moyennant qu'on lui rapportera l'absolution du pape de tous ses méfaits et pleine réintégration dans l'ordre de prêtrise. Tout le monde y trouvait son compte, sauf le Grand Turc ; mais Vatteville se moquait de lui et de quelques autres. C'est ainsi qu'il put revenir en Franche-Comté, où il manqua l'archevêché de Besançon, mais où il eut l'abbaye de Baume et y vécut paisiblement, sauf quelques séjours « à Paris et à la Cour, où il était toujours reçu avec distinction ». Je ne me souviens plus si Stendhal a eu connaissance des aventures de Vatteville. Nul doute que ce récit de meurtres, de parjures et de cynisme ne l'eût enchanté et ne lui eût arraché ce cri d'admiration qu'il poussait en pareil cas : « Il y a de l'énergie ! »

* * *

Il y avait de l'énergie. On menait la vie intense. Après quoi, on savait mourir. Non seulement on mourait avec courage, avec piété, avec sérénité, mais il existait un usage d'une incomparable noblesse morale, qui consistait à « mettre un intervalle entre la vie et la mort ». On quittait son emploi, on se défaisait de ses charges, on renonçait à toutes les affaires, sauf une, qui suffisait à vous occuper et c'était cette grande affaire de la mort.

Laissons de côté les « conversions » fameuses, celles de Pascal, de Rancé, de Racine. Ceux-là sont de trop grands esprits, qui ne prouvent pas pour la masse. Mais ce n'était pas un grand esprit que Du Charmel, gentilhomme de Champagne. « Tout lui riait : l'âge, la santé, le bien, la fortune, la Cour, les amis, même les dames, et des plus importantes, qui l'avaient trouvé à leur gré ». Dieu le toucha par la lecture d'Abbadie : *De la vérité de la religion chrétienne* : il ne balança ni ne discuta et se retira dans une maison joignant l'institution de l'Oratoire. Le roi eut peine à le laisser aller (et ici il eut un mot magnifique d'orgueil naïf) : « Quoi, lui dit-il, Charmel, vous ne me verrez jamais ? » Charmel renonça à voir le roi pour contempler Dieu de plus près. C'était un seigneur à la douzaine que M. de Saint-Louis, brigadier de cavalerie, qui se retira à la Trappe. Un jour, c'est Le Peletier, ministre d'Etat, qui se démet de sa charge, rend ses pensions au roi, se retire à Villeneuve, où il ne voit plus que « sa plus étroite famille et quelques gens de bien ». Un autre jour, c'est Pontchartrain qui rapporte au roi la cassette où il gardait les sceaux, et, la lui ayant rendue, sort de là « l'âme plus à l'aise » pour aller finir sa vie dans une chambre de l'Oratoire. C'était l'usage. On avait trop le respect de la mort pour se laisser surprendre par elle sans avoir tout préparé pour la bien recevoir. On pensait qu'il ne convient pas de passer sans transition de l'agitation des affaires et de la dissipation des plaisirs au calme de l'éternité... Telles étaient ces âmes, auxquelles on peut passer un peu de rudesse, qu'elles savaient si bien racheter. L'époque de Louis XIV est une de celles où on a vu en France la plante humaine pousser le plus vigoureuse et le plus droite.

*
* *

Parcourons maintenant quelques groupes sociaux, et d'abord la Cour. La Bruyère a défini l'atmosphère du lieu, quand il a dit : « L'on se couche à la Cour et l'on se lève sur l'intérêt »... La Cour est essentiellement un endroit où l'on fait sa cour. On fait sa cour au roi. On la fait d'abord par l'assiduité, par la présence réelle et continue, par le soin qu'on met à voir sans cesse le maître et à en être vu. L'abbé de Mailly, nommé à l'archevêché d'Arles, proteste au roi qu'il ne peut renoncer au bonheur de le voir et lui demande la permission de faire chaque année un voyage à Versailles, et à Versailles uniquement. « En effet il n'y manqua point et ne s'arrêtait point à Paris. Il débarquait chez moi ; je le couchais dans un trou d'entresol qui me servait de cabinet, et le roi lui savait le meilleur gré du monde d'une conduite qui lui marquait un attachement dont il était jaloux ».... Mais ici, le plus bel exemple, le classique du genre, c'est La Rochefoucauld, le fils de l'auteur des *Maximes :* « Jamais valet ne le fut de personne avec tant d'assiduité et de bassesse, il faut lâcher le mot, avec tant d'esclavage. Le lever et le coucher, les deux autres changements d'habits tous les jours, les chasses et les promenades du roi de tous les jours, il n'en manquait jamais, quelquefois dix ans de suite sans découcher d'où était le roi, et sur le pied de demander congé, non pas pour découcher, car en plus de quarante ans il n'a jamais couché vingt fois à Paris, mais pour aller dîner hors de la Cour et ne pas être de la promenade : jamais malade et sur la fin rarement et courtement de la goutte ». N'est-ce pas le plus beau trait de courtisanerie : s'empêcher d'être malade pour ne pas manquer la promenade du roi ? Mais voilà ce qu'étaient devenus les Frondeurs à la deuxième génération !

On fait sa cour au roi en prenant des idées et des sentiments en accord avec les idées et les sentiments qui sont actuellement ceux du roi. Quand le roi est jeune et galant, Molière, pour faire sa cour, écrit *Amphitryon* où il est dit que

> ... le partage avec Jupiter
> N'a rien du tout qui déshonore.

Maintenant que le roi est vieilli et dévot, le courtisan affiche la dévotion. Il y a une dévotion de cour qui consiste à se trouver aux offices les jours et à l'heure où le roi y vient et à n'y pas venir quand le roi n'y vient pas. Saint-Simon conte à ce sujet une bien jolie anecdote : « Brissac major des gardes, peu d'années avant sa retraite, fit un étrange tour aux dames. C'était un homme droit, qui ne pouvait souffrir le faux. Il voyait avec impatience toutes les tribunes bordées de dames, l'hiver, au salut, les jeudis et les dimanches, où le roi ne manquait guère d'assister, et presque aucune ne s'y trouvait, quand on savait de bonne heure qu'il n'y viendrait pas ; et, sous prétexte de lire dans leurs heures, elles avaient toutes de petites bougies devant elles pour les faire connaître et remarquer. Un soir que le roi devait aller au salut, et qu'on faisait à la chapelle la prière de tous les soirs, qui était suivie du salut quand il y en avait, tous les gardes postés et toutes les dames placées, arrive le major vers la fin de la prière, qui, paraissant à la tribune du roi, lève son bâton et crie tout haut : « Gardes du roi, retirez-« vous, rentrez dans vos salles, le roi ne viendra pas ». Aussitôt les gardes obéissent; murmures tout bas entre les femmes : les petites bougies s'éteignent et les voilà toutes parties. Là-dessus arrive le roi qui, bien étonné de ne pas voir de dames remplir les tribunes, demanda par quelle aventure il n'y avait personne. Au sortir du salut, Brissac lui conta ce qu'il avait fait, non sans s'espacer sur la piété des dames de la cour. Le roi en rit beaucoup et tout ce qui l'accompagnait. L'histoire s'en répandit incontinent après : toutes les femmes auraient voulu l'étrangler ». Telle est cette dévotion, celle même dont La Bruyère a dit : « Un dévot est celui qui, sous un roi athée, serait athée ». C'est une attitude, c'est un masque; mais il ne faut pas se laisser démasquer.

Faire sa cour est un art qui exige non pas seulement de la santé et de l'attention, mais de l'étude, du tact, de la finesse, du doigté. Flatter ne suffit pas, il y faut la manière. L'abbé de Polignac, avec tout son esprit, ne l'avait pas. « Il suivait le roi dans ses jardins de Marly; la pluie vint : le roi lui fit une honnêteté sur son habit peu propre à la parer : « Ce n'est rien, sire, répondit-il, la pluie de Marly ne mouille point ». L'encens est une odeur agréable, mais fade : quand il n'enivre pas, il écœure. D'Antin, qui reçut Mme de Maintenon dans sa propriété de Petit-Bourg en fit tant qu'elle ne put s'empêcher de lui dire, et devant le monde, qu'elle se trouvait bien heureuse de n'avoir pas déplu au roi le soir, chez lui, parce qu'elle était très assurée, par tout ce qu'il venait de faire, qu'en ce cas-là il l'eût envoyée coucher sur le pavé du grand chemin ». Car on fait sa cour à Mme de Maintenon comme on la fait au roi. On la fait aussi à Mlle Choin, et à la chienne de Mlle Choin, à qui le maréchal d'Huxelles envoie chaque matin, de l'autre bout de Paris, des têtes de lapins. On la fait à la duchesse de Berry, et celle-ci étant accouchée à sept mois, il se trouva que tout le monde était né ou avait eu des enfants à sept mois. On fait la cour à Bontemps, à la vieille Nanon, à l'apothicaire du roi et au bâtard de son apothicaire.

Prend-on le chemin d'être bien en cour : c'est une ruée vers le « soleil levant ». Mais un vent de disgrâce vient-il à souffler ? c'est la solitude et l'herbe croît au seuil de votre porte. Oh ! la disgrâce ! mal terrible, spécial à la Cour, et dont on meurt ! Racine en est mort, et Vauban, « consumé de douleur », et tant d'autres. C'est une mort lente et sûre. Ç'a été celle du prince de Conti : quand la faveur du roi lui revint, il était trop tard, il ne put « être ramené à la vie ». Et celle de Boufflers qui avait rendu tant de services, qui peut-être avait rendu trop de services : « Un ver rongeur le mina peu à peu... Il ne fit plus que languir depuis, et ne passa pas deux ans ». Aussi bien cet abandon, auquel succombent les courtisans, ceux-là même qui dispensaient les faveurs en seront victimes, quand ils n'auront plus de faveurs à distribuer. C'est un spectacle saisissant, dans les récits que Saint-Simon nous a laissés de la mort des grands personnages, de Monseigneur et du Roi lui-même, que de voir comme le vide se fait autour du mourant : auprès du corps, encore chaud, c'est à peine s'il reste pour le veiller quelques moines et quelques « valets intérieurs ». Mais quoi ! un mort ne peut plus rien... Nous raillons volontiers ces mœurs de Cour comme les mœurs d'un autre temps et, puisqu'il n'y a plus de Cour, nous en concluons que, dans une démocratie, il n'y a plus de courtisans. En sommes-nous bien sûrs ? C'est vrai que le Maître a changé et qu'on ne lui fait plus sa cour en allant à la messe ; mais ce qui n'a pas changé, ce sont les génuflexions et les fléchissements de conscience et les flagorneries, à cette seule différence près que ce Maître, qui est de moins bonne maison, est moins délicat sur la flatterie et ne trouve jamais que l'encens soit trop grossier.

* *
*

Après la Cour, le Parlement. Vous savez quels sont les sentiments de Saint-Simon à son égard. Quatre générations de Premiers Présidents s'étant succédé à la tête de notre grande Assemblée pendant la période qu'embrassent les *Mémoires*, il trouve le moyen de les diffamer toutes les quatre. A Lamoignon, il reproche son rôle dans l'affaire Fargues, et de s'être engraissé du « sang de l'innocent ». Potier de Novion lui succéda : Saint-Simon l'accuse tout simplement d'avoir falsifié les arrêts et prononcé autrement qu'il n'avait été opiné à l'audience : ce pourquoi le roi le chassa et il mourut dans l'ignominie. Harlay se serait approprié un dépôt qui lui aurait été confié. De Mesmes aurait été un tel débauché que « son père ne lui épargnait pas les coups de bâton et lui jetait quelquefois les assiettes à la tête, ayant bonne compagnie à sa table, qui se mettait entre deux ». En somme, quatre Premiers Présidents, quatre coquins !

C'est le duc et pair qui parle. Mais quel que soit chez Saint-Simon le parti-pris, on retrouve toujours chez lui l'observateur qui sait noter le trait par où diffèrent deux hommes de même profession. Chez Lamoignon, le magistrat homme du monde de grande élégance et de haut style, le trait original, c'est ce goût pour les lettres, ce soin de s'entourer d'écrivains et d'artistes, cette « attention singulière à capter les savants de son temps, à les assembler chez lui à certains jours », cette réputation qui lui est restée d'être un Mécène. La marque, chez Achille de Harlay, c'est l'austérité : une mise sévère, un « rabat presque d'ecclésiastique », un grand savoir, mais qui ne sacrifie pas aux grâces, une parole sentencieuse, une prononciation lente et rude qui martèle la phrase, avec une sorte d'humour grave, et des mots d'esprit qui sont des coups de boutoir. C'est le magistrat de la vieille roche. En regard, le magistrat de la nouvelle école, et même du nouveau jeu : le président de Mesmes, affecte de ne pas fréquenter les gens de robe, porte l'habit et la cravate, est des fêtes de Sceaux, joue la comédie : c'est le magistrat « petit maître » pour salons du XVIIIe siècle, annonçant l'ère des Montesquieu, des présidents Hénault et des présidents de Brosses.

Cette variété dans les types, cette transformation ou, comme nous dirions aujourd'hui, cette évolution chez les représentants d'un grand corps, voilà où Saint Simon se montre peintre habile et bon portraitiste. Après cela, a-t-il été injuste pour le Parlement ? Oui, sans doute, et un Premier Président n'est pas nécessairement un scélérat, parce qu'il défend les privilèges du corps qu'il préside. Mais Saint-Simon n'a pas tort de signaler l'opposition des Parlements comme un danger pour le maintien de l'ordre de choses établi : nous savons qu'elle a fortement contribué à préparer la Révolution.

***

Sévère pour les gens de robe, Saint-Simon l'est à peine moins pour les gens d'église. Il s'incline devant la grande figure d'un Bossuet ; il s'arrête, curieux mais respectueux, devant l'attirante, inquiétante et noble figure d'un Fénelon. Mais parmi ces évêques, à qui est confiée la garde de l'évangile, combien peu de pasteurs évangéliques ! Pour un cardinal de Noailles, archevêque de Paris, qui apporte dans ces hautes fonctions son « innocence baptismale », pour un Coislin, évêque d'Orléans, un Nesmond, évêque de Bayeux, qui sont des saints, combien de prêtres ambitieux, mondains ou dissolus ! Cet autre archevêque de Paris, Harlay, que Saint-Simon nous montre avec sa bonne amie, la duchesse de Lesdiguières, « à Conflans, dont il avait fait un jardin délicieux et qu'il tenait si propre, qu'à mesure qu'ils s'y promenaient tous deux, des jardiniers les suivaient à distance pour effacer leurs pas avec des râteaux » et cet évêque de Troyes, grand joueur et favori des dames : « elles ne l'appelaient que le Troyen, et chien d'évêque et chien de Troyen, quand il leur gagnait leur argent. » Il est vrai que le premier finit dans la disgrâce et le second dans la pénitence.

Par malheur — je dis par malheur pour lui — Saint-Simon a méconnu une des sources les plus pures où s'est retrempé le catholicisme au XVIIe siècle : l'admirable Saint-Sulpice de M. Olier et les missions fondées par celui qu'on appelait alors « Monsieur Vincent ». Il n'a pas assez de brocards contre les « barbes sales de Saint-Sulpice ». Non qu'il nie les vertus de ces humbles prêtres qui eurent justement pour raison d'être de rappeler l'éminente dignité des humbles dans l'Église. Mais ils sont ignorants et entêtés, et surtout ce sont « gens de bas lieu, pauvres, crasseux et huileux à merveille ». Qu'on en fasse des curés de campagne, passe encore, mais des évêques ! Ce fut le tort de Godet des Marais, évêque de Chartres, directeur de conscience de Mme de Maintenon. Saint prêtre, mais d'une naissance vile et obscure et, qui pis est, formé à Saint-Sulpice ! Quel bien en attendre ? Il a contribué à la ruine de l'Église.

Autant que les Sulpiciens et pour des raisons justement opposées, Saint-Simon déteste les Jésuites. Il avait été formé par eux ; mais on sait qu'ils n'ont pas eu toujours à se louer de leurs anciens élèves. Il avait été lié avec eux ; mais, de plus en plus, il s'était rapproché des jansénistes, et au moment où il rédige les *Mémoires* on peut dire qu'il est tout janséniste. Il reproche aux jésuites leur esprit de domination et leur ultramontanisme. Leur rêve est d'établir l'inquisition, or, dit Saint-Simon, « je tiens l'inquisition abominable devant Dieu et devant les hommes ». Rêve en partie réalisé par la « Constitution » qui a suivi la bulle *Unigenitus*, et qui a établi une inquisition de fait. Saint-Simon a tracé un portrait terrible du P. Tellier, confesseur du roi, entièrement dévoué à sa Compagnie, et dont il dit : « Il eût fait peur au coin d'un bois ».

En revanche, le jansénisme est à ses yeux « ce que les derniers siècles ont produit de plus saint, de plus pur, de plus savant ». Il n'en parle qu'avec émotion, déplorant l'aveuglement du roi, qui peut-être soupçonna l'injustice des mesures que de mauvais conseillers lui inspirèrent contre de grands chrétiens et de pieuses filles. Maréchal, son chirurgien, lui ayant demandé la permission d'aller à Port-Royal-des-Champs pour une opération, il l'accorda à condition que Maréchal lui rapporterait fidèlement au retour ce qu'il aurait vu. Et Maréchal ayant témoigné hautement pour les religieuses, le roi soupira comme un homme qui se sent à la fois coupable et impuissant à réagir. Mais la prévention qu'on lui avait inculquée contre les jansénistes était trop forte. Sollicité pour un gentilhomme qui brûlait d'être invité à Marly : « Ne dit-on pas qu'il est janséniste ? — Lui ! Il ne croit pas en Dieu. — Alors, fit le roi, vous pouvez le mener ».

Une des pages les plus fortes qu'il y ait dans les *Mémoires*, superbe d'indignation contenue, est celle où Saint-Simon raconte la destruction de Port-Royal-des-Champs, en octobre 1709. Pendant la nuit du 28 au 29, le monastère avait été investi par des régiments de gardes françaises. D'Argenson arriva dans la matinée du 29. « Il se fit ouvrir les portes, fit assembler toute la communauté au Chapitre, montra une lettre de cachet, et, sans lui donner plus d'un quart d'heure, l'enleva tout entière. Il avait amené force carrosses attelés, avec une femme d'âge dans chacun ; il y distribua les religieuses suivant les lieux de leur destination qui étaient différents monastères, à dix, à vingt, à trente, à quarante et jusqu'à cinquante lieues du leur, et les fit partir de la sorte, chaque carrosse accompagné de quelques archers à cheval, comme on enlève des créatures publiques d'un mauvais lieu... Il fut enjoint aux familles qui avaient des parents enterrés à Port-Royal-des-Champs de les faire exhumer et porter ailleurs ; et on jeta dans le cimetière d'une paroisse voisine tous les autres, comme on put, avec l'indécence qui se peut imaginer. Ensuite, on procéda à raser la maison, l'église et tous les bâtiments, comme on fait des maisons des assassins des rois, en sorte qu'enfin il n'y resta pas pierre sur pierre. Tous les matériaux furent vendus et on laboura et sema la place... Je me borne à ce simple et court récit d'une expédition si militaire et si odieuse ». Les victoires remportées par la force armée sur de pieuses femmes n'ont jamais fait honneur aux gouvernements qui y ont eu recours.

Autant qu'il est janséniste, Saint-Simon est gallican, et cette fois il ne s'en défend pas, étant convaincu que les libertés de l'église gallicane sont non pas des privilèges, « mais la pratique constante de l'Eglise universelle que celle de France a jalousement conservée et défendue contre les entreprises et les usurpations de la Cour de Rome ». Donc il est d'avis « qu'on ne doit pas filer doux avec la Cour de Rome », mais qu'il faut lui tenir tête. Pour cela, commencez par n'avoir pas de cardinaux français, qui sont plus dévoués au pape qu'au roi. Ayez un clergé qui ait de l'autorité, étant de grande naissance. Et ayez moins de couvents. Les religieux mendiants ne servent à rien, exception faite pour quelques capucins qui font le service de pompiers dans les incendies. Il y a trop de religieuses : cela nuit à la repopulation et nous met, vis-à-vis de l'armée allemande, en état d'infériorité numérique... C'est le langage d'un bourgeois libéral de la Restauration, pour ne pas descendre plus bas... Saint-Simon aurait-il donc voté la dissolution des congrégations ? Je ne lui fais pas l'injure de le croire et il a nettement repoussé l'idée de l'expulsion des jésuites. Mais ce qui est bien certain c'est qu'il aurait signé la lettre des cardinaux verts.

*
* *

Deux puissances s'élevaient autour de Saint-Simon, dont il avait pu constater les progrès et à qui appartenait l'avenir.

L'une était celle des financiers. Saint-Simon n'en parle presque pas : il était gêné. La Bruyère a dit : « Si le financier manque son coup, les courtisans disent de lui : c'est un malotru... S'il réussit, ils lui demandent sa fille ». C'est ce qu'avait fait le maréchal de Lorge en épousant la fille du financier Frémont, dont la fortune était considérable et n'était pas sans reproche. Ce n'est pas un malheur d'avoir une belle-mère fille d'un traitant ; mais cela vous oblige à la réserve.

L'autre puissance était celle des gens de lettres. Saint-Simon n'en parle qu'avec une légèreté dédaigneuse. Il a mentionné plusieurs grands écrivains du XVIIe siècle et le plus souvent il les a appréciés d'un trait juste, mais si rapide et si insuffisant ! Il ne dit pas un mot de Molière. En revanche, il fait l'éloge de Scarron ; mais je pense que c'est pour ennuyer Louis XIV. Il ne prononce pas le nom de Montesquieu, et il écorche celui de Voltaire. Cette impertinence lui a été très reprochée. On a fait à ce propos un piquant rapprochement. On s'est rappelé qu'à l'époque où le père de Saint-Simon devint premier écuyer de Louis XIII, le poète Malherbe avait annoncé cet événement en termes qui, pour le dédain, supportent toute comparaison : « Vous avez su, écrivait-il à un de ses amis, le congé donné à Baradat ; nous avons un sieur Simon, page de la même écurie, qui a pris sa place ». Le « sieur Simon de la même écurie » — qui n'était autre que le futur duc Claude de Saint-Simon — vaut le « Arouet fils d'un notaire qui l'était de mon père ». Saint-Simon aimait beaucoup la littérature, il aimait moins les littérateurs, comme si la littérature n'avait pas été inventée premièrement pour le bien des littérateurs !

⁂

Il nous reste à voir quel rôle jouent dans les *Mémoires* ces autres acteurs de la Comédie humaine, nos passions, nos travers, nos défauts, nos vices, les tares que nous apportons en naissant, tares morales et tares physiologiques. Il y a dans les *Mémoires* des maniaques, des malades de l'esprit — et on ne connaît pas de plus beau nom que le leur — ce sont les Condé. Elle est terrible cette descendance du grand Condé : une descendance d'anormaux. D'abord M. le Prince, qui n'est pas M. le Prince le héros, mais simplement M. le Prince. Saint-Simon en a tracé ce portrait : « Fils dénaturé, cruel père, mari terrible, maître détestable, pernicieux voisin, sans amitié, sans amis, incapable d'en avoir ». Bourreau de lui-même et des autres, il fallait échapper à son joug ou y succomber. Sa seconde fille avait épousé le duc du Maine ; celle-là était libérée ; les autres « regrettaient la condition des esclaves » : Mlle de Condé mourut de chagrin. Sa continuelle victime était sa femme, Mme la Princesse. Il faut dire qu'elle était faite en victime, et il est impossible de lire sans attendrissement le portrait ridicule et touchant qu'en trace Saint-Simon. « Elle était également laide, vertueuse et sotte ; elle était un peu bossue et avec cela un gousset fin, qui se faisait suivre à la piste, même de loin... La piété, l'attention infatigable de Mme la Princesse, sa douceur, sa soumission de novice, ne la purent garantir ni des injures fréquentes, ni des coups de pied et de poing qui n'étaient pas rares ». La malheureuse ! mais les sœurs de charité ne sont pas toutes dans les ordres.

M. le Prince ne manquait ni de savoir, ni d'esprit, ni de charme dans la conversation ; il avait du goût, s'entendait à organiser une fête, et il contribua pour sa part à embellir sa demeure princière. « Chantilly était ses délices. Il s'y promenait, toujours suivi de plusieurs secrétaires avec leur écritoire et du papier qui écrivaient à mesure ce qui lui passait par l'esprit pour raccommoder et embellir. Il y dépensa des sommes prodigieuses... » Il était tour à tour avare et magnifique, passait d'un excès à l'autre, n'étant incapable que d'équilibre. « Les quinze ou vingt dernières années de sa vie furent accusées de quelque chose de plus que d'emportement et de vivacité. On disait tout bas qu'il y avait des temps où tantôt il se croyait chien, tantôt quelque autre bête, dont alors il imitait les façons ». Finalement, il s'imagina qu'il était mort et refusa toute nourriture, sous prétexte que les morts ne mangent pas. Il fallut lui persuader qu'il y a des morts qui mangent, lui en amener : il ne mangeait qu'avec eux.

Son fils, M. le Duc, qui avait reçu une excellente éducation — c'était l'élève de La Bruyère — n'était guère moins redoutable. « Sa férocité était extrême et se montrait en tout. C'était une meule toujours en l'air, qui faisait fuir devant elle, et dont ses amis n'étaient jamais en sûreté... » Si la comparaison ne vous suffit pas, en voici une autre avec « ces animaux qui ne semblent nés que pour dévorer et pour faire la guerre au genre humain ». Et Saint-Simon ajoute : « Quiconque aura connu le prince, n'en trouvera pas ici le portrait chargé ». Ce qu'il y a encore de plus sinistre avec ces détraqués, c'est leur gaieté. Le pauvre Santeuil l'apprit à ses dépens. C'était un charmant homme, qui faisait très bien les vers latins, ce qui prouve assez l'innocence de ses mœurs. Il était de toutes les fêtes chez les Condé. M. le Duc l'emmena aux États de Bourgogne, et, un soir « il se divertit à le pousser de vin de champagne et, de gaieté en gaieté, il trouva plaisant de verser sa tabatière pleine de tabac d'Espagne dans un grand verre de vin et de le faire boire à Santeuil pour voir ce qui en arriverait. Il ne fut pas longtemps à en être éclairci : les vomissements et la fièvre le prirent et en deux fois vingt-quatre heures, le malheureux mourut dans des douleurs de damné ! » L'anecdote a été contestée, et je ne l'ignore pas. D'autres prétendent que Santeuil serait mort de coups de chenets que son hôte lui aurait assénés.

M. le Duc eut la fin qui convenait : une fin tragique. C'était pendant le carnaval de 1710. On l'attendait pour un souper joyeux. Il eut une attaque sur le Pont-Royal. On le rapporta chez lui. « Il ne donna nul signe de vie que d'horribles grimaces et mourut sur les quatre heures du matin du mardi-gras, au milieu des parures, des masques, des costumes de bal, sous les yeux de tout ce grand monde convié pour un spectacle différent... » Ces Condé étaient des demi-fous. Vous me direz : « telle est l'hérédité des grands hommes : le génie du grand Condé se change en folie chez ses descendants, sans cesser d'être une névrose ». Heureusement l'explication est inexacte. La folie était dans la famille, mais non pas du côté de Condé, du côté de sa femme. Clémence de Brézé, femme du grand Condé, mourut enfermée comme était morte sa mère. C'était le mystère, le douloureux secret de cette maison illustre. Et depuis lors, le monde a continué et continue d'être plein de détraqués, dont les pères n'ont pas gagné la bataille de Rocroy.

Après les maniaques, dont le cas relève de l'aliénation mentale, les maniaques de l'idée fixe, envahis par une seule pensée maîtresse, dominés par une passion unique qui les possède comme une chose. D'abord les ambitieux : j'en ferais défiler sous vos yeux toute une galerie, si j'en avais le temps. Le type le plus extraordinaire en serait encore cette princesse des Ursins, qui, à soixante ans, envoyée en Espagne, y devient toute-puissante, est une première fois disgraciée, reprend le pouvoir, et, brutalement congédiée, se réfugie à Rome, où, exilée, elle rencontre le roi et la reine d'Angleterre — des rois en exil ! — et bientôt les gouverne. « Quelle triste ressource ! Mais enfin c'était une idée de Cour et un petit fumet d'affaires pour qui ne s'en pouvait plus passer... » Et nous aurions des vaniteux, des avares, des dévots, tournés à l'imbécillité, comme ce duc Mazarin devenu la proie des moines et des béats, qui mutila les plus belles statues, barbouilla les plus rares tableaux, par décence, refusa d'éteindre le feu qui avait pris à son château pour ne pas contrarier le bon plaisir de Dieu, et voulut faire arracher les dents de devant à ses filles pour les guérir du péché de coquetterie. Nous aurions des ménages d'intrigants, comme ce ménage d'O, où, l'un poussant l'autre, le mari fait métier d'austérité et la femme de galanterie. Et des complaisantes, une maréchale de Rochefort, une duchesse de Montausier, à ne pas les compter. Et des menteuses, comme Mme de Blansac, à qui « les histoires entières coulaient de source » sans qu'il y eût un mot de vrai.

Et il y aurait aussi de grands caractères et d'honnêtes gens, et de bons ménages, comme il y en avait tant dans la vieille France, et comme on en trouve beaucoup chez Saint-Simon, à commencer par le sien. Tout de même je ne résiste pas au plaisir de vous dire un mot d'une femme dont Saint-Simon fait si largement l'éloge, quoiqu'elle eût longtemps trempé dans la bourgeoisie et qu'il lui en restât « quelque petite odeur ». C'est Mme de Pontchartrain, la chancelière. Elle était admirable par le mélange de dignité et de politesse, d'esprit et de bon sens. Nulle autre ne savait mieux qu'elle tenir une maison. « Il est surprenant qu'une femme de la robe, qui n'avait vu le monde qu'en Bretagne, fût en si peu de temps au fait, aux manières, à l'esprit, au langage de la Cour et devint un des meilleurs conseils qu'on pût trouver pour s'y bien gouverner ». Saint-Simon oublie que pour être bourgeoise et même bourgeoise de province on n'en est pas moins femme, et que pour la finesse, le tact, la souplesse à s'adapter aux situations, une femme vaut un duc et pair, fût-il doublé d'un chancelier. Celle-ci s'entendait mieux que personne à donner une fête, et le lendemain matin à visiter ses pauvres. Ce qu'elle distribuait en aumônes était à ne pas croire. Elle avait fondé à Versailles une communauté de jeunes filles pauvres, un hôpital à Pontchartrain. Lors du terrible hiver de 1709, elle se surpassa, donnant du pain et des vêtements, faisant vivre jusqu'à trois mille personnes par jour. Une intimité de tous les instants et de toutes les pensées avec son mari à qui elle ne fit qu'un chagrin, c'est de mourir avant lui. « Telle fut la chancelière de Pontchartrain que Dieu épura de plus en plus par de longues et pénibles infirmités... » De la vertu et de l'agrément, de la gaieté et de la bonté, le don naturel et l'art de faire du bonheur autour de soi, si j'ai tenu à vous présenter la chancelière, c'est que son portrait est celui de beaucoup de femmes en France, et dans la France d'aujourd'hui comme dans la France d'hier.

Tel est, dans les *Memoires*, ce grouillement d'humanité.

*

A qui a vu tant de choses, portraituré tant de gens, réfléchi sur tant d'événements, il est naturel de demander sa conclusion. Quelle est d'abord sa philosophie de l'histoire ? Comment s'expliquent, d'après lui, les grands faits dont les conséquences se prolongent à l'infini ? Ils s'expliquent, si c'est là s'expliquer, par les plus petites causes. Exemple : savez-vous quelle fut l'origine de la guerre de 1688 ? Un jour Louvois accompagnait Louis XIV en train de rebâtir Trianon. Le roi montre à Louvois une fenêtre plus étroite que les autres. Louvois conteste. Le roi insiste et se fâche. Louvois revient chez lui, dépité, assurant qu'il est perdu, mais qu'il y mettra bon ordre en suscitant au roi une guerre qui le rendra nécessaire... Ainsi l'Europe fut mise à feu et à sang parce que Louis XIV et son ministre n'avaient pas été du même avis sur les dimensions d'une fenêtre dans une maison en construction !

Et ce n'est pas un exemple isolé : il en est toujours ainsi. Dans toutes les grandes affaires, on trouve que « rien n'est plus léger que leur première cause, et toujours un intérêt très incapable de causer de tels effets ». Cela prouve, à l'évidence, qu'un facteur, à vrai dire essentiel, nous échappe : l'intervention de la Providence. C'est elle à qui quelques grains de sable suffisent pour arrêter les plus furieux orages de la mer ». Mais ces desseins nous sont cachés. Elle nous mène par des voix mystérieuses à des fins que nous ignorons : notre rôle est non pas de comprendre, mais de comprendre que nous ne comprenons pas, et d'adorer.

Quant à la philosophie de l'existence, à la conception de la vie qui se dégage des *Mémoires*, maintenant que vous connaissez la teinte générale de l'ouvrage, le dramatique des récits, l'âpreté des portraits, vous ne doutez pas qu'elle ne soit parfaitement sombre et désespérée. Saint-Simon l'a exprimée ici et là, en maints endroits de son livre, et il l'a résumée dans cette page d'une éloquence si douloureuse :

« Ecrire l'histoire de son pays et de son temps, c'est se montrer à soi-même pied à pied le néant du monde, de ses craintes, de ses désirs, de ses espérances, de ses disgrâces, de ses fortunes, de ses travaux ; c'est se convaincre du rien de tout par la courte et rapide durée de toutes ces choses et de la vie humaine ; c'est se rappeler un vif souvenir que nul des heureux du monde ne l'a été et que la félicité, ni même la tranquillité ne peut se trouver ici-bas ; c'est mettre en évidence que s'il était possible que cette multitude de gens de qui on fait une nécessaire mention avait pu lire dans l'avenir le succès de leurs intrigues, tous, à une douzaine près tout au plus, se seraient arrêtés tout court dès l'entrée de leur vie, et auraient abandonné leurs vues et leurs plus chères prétentions ; et que cette douzaine encore, leur mort, qui termine le bonheur qu'ils s'étaient proposé, n'a fait qu'augmenter leurs regrets par le redoublement de leurs attaches ». Tel est en effet ce paradoxe affolant : la vie nous est insupportable et ce que nous en supportons le moins, c'est l'idée de la quitter.

Et vous voyez maintenant quelles méditations emplirent cet intervalle que, lui aussi, Saint-Simon s'était réservé entre la vie et la mort. Sa philosophie c'est l'absolu pessimisme. Mais c'est le pessimisme chrétien, celui de Pascal et de Bossuet, celui qui, de nos ténèbres, fait jaillir la splendeur des vérités éternelles. Puisque rien ne s'explique ici-bas et rien ne se suffit, c'est donc que la clé du mystère est ailleurs, au delà. Il n'est pas indifférent de voir un des hommes qui ont mené la plus large enquête sur la vie, et poussé le plus avant dans la connaissance du cœur humain, aboutir à un acte d'humilité, de foi et d'abandon à Dieu.

www.ingramcontent.com/pod-product-compliance
Ingram Content Group UK Ltd.
Pitfield, Milton Keynes, MK11 3LW, UK
UKHW020535180726
13839UKWH00006B/2512